造化

歌集
田附昭二

青磁社

＊目次

田附昭二歌集

造化

酢漿の赤

路地裏の格子格子にまつはりてハグロトンボの迷ふ夕やみ

もう増えぬ妻の思ひ出いろ深くなりてゆくあり薄るるもあり

よき声にものを言はむとする色気まだ残りをり若妻の前

アキアカネ群れ飛ぶ川を下に見て人道橋の風を渡りぬ

けんめいに遡り来しアメンボの風立ちて又流されゆけり

青深き窓に音無く伸びてゆく航跡白し秋のひかりに

ひとしきり落葉の散れば蟋蟀の木下の細き声のとぎるる

好みたる色褪せぬまま仏壇に日長くなりぬ酢漿の赤

集団に遠く遅るるランナーを映して秋の水静かなり

利鎌

石積みの護岸の草を薙ぎ払ふ利鎌は秋の水面に光る

蒼白く苔をまとひて並み立てば月に光れる冬木の桜

ガラスビルの反照蒼き秋の街鰭が欲しいと思ひつつゆく

手袋の片方失くし仰ぐそらあつけらかんと虹が出てゐる

眠られぬ夜更けの窓に白き月庇を離れ傾きそめぬ

七十年隔ててときに思ひ出づ征く友を血書に励ましこと

腸内出血

池の面を風に漂ふもみぢ葉の破れ蓮の辺に紅く溜まりぬ

若者と言葉交はせば耳に立つ艶なく老いし声に愕く

深みゆく老いは寂しも在りし日の妻のことさへ娘に正されぬ

黄葉の雑木の林散りつくし刈田に続く山の痩せたり

じわじわと腸内出血つづきゐて明けゆく空を窓に見上ぐる

病室のカーテンよぎる迅き影鳥にかあらむ日ざし明るく

ビル屋上に日毎たなびく旗の見ゆ病室の窓に風を知るべく

街路樹に冬陽しづまる道ひろし退院の門くぐりて出でぬ

小さき棘

もくせいの花見上げゐる足許に犬は電柱の根元嗅ぎをり

湾処より流れ出でたる葉のやうに退院の日の身めぐり寒し

古紙回収のメロディ遠く流れゐて歳晩の街暮れゆく早し

電線のカラスと視線合はせつつ屠蘇を酌むなりひとり正月

ゆきずりに見て貰ひたる占ひの小さき棘が育ち始めぬ

用済みしクレーン畳まれ冬空の青深まれり怖ろしきまで

戦争ができる国へと駆り立つる内閣支持が過半数とは

三百万の血もて贖ひたるものを不戦の誓ひむしばまれゆく

梅林

人を待つ夜の茶房に街の灯のきらめき遠し星々よりも

逆しまに潜ける鴨にひらめける淡紅色の趾なまめきて見ゆ

読み上ぐるへらへらの紙一枚に国の未来が定まりゆくか

やすやすと水に乗りつつ堰を越え赤き椿の激ちに落ちぬ

雨来むとするしづけさや梅林の土やはらかくつぼみふくらむ

紅梅

かすかなるものと見をりし粉雪の紅梅の花ふるはせてをり

春の雪降り止みし朝の白かゆに卵の黄味をとろりと落す

被きたる布団重しと思ひつつ芽吹うながす雨を聞きゐる

病むわれの心ほそるか隣家の蠟梅の香をいたしと思ふ

光芒に御苑の森の太幹のつぎつぎ過ぎて闇深まりぬ

文語訳聖書

文語訳聖書を開きキリストに再び逢ひぬ韻《ひび》く言葉に

花すぎてミヤマツツジを山肌に見れば病院に日長くなりぬ

病棟を歩めば窓につぎつぎと桜は散りて春ゆかむとす

退院の日の近づけば構はれぬ患者となりて一日長し

藤棚の花房短かき明るさに木のベンチひとつ置かれてありぬ

やうやくに病怠る日の午後をまんぢゆうひとつ時かけて喰ふ

囲ひ地の砂利に根付きてひなげしの影長く立つ夕日の中に

閃きて水面掠むる夏つばめ白き胸毛の映りて涼し

くもり日の空のひかりを吸ひ取りて木香薔薇の輝き傾る

かへるでのプロペラ型の幼実のみなあはれなり南風《みなみ》にそよぐ

青葉風

年々に樹相うつろふこの峡に藤浪消えて躑躅群れ咲く

雨あとの池ひろがりて大き鯉背びれ静かに水を分けゆく

漣の生れゆく見えて青葉風向かひの葦のあたりに消えぬ

咲ききりし白芍薬の崩れそめ二尺の高さを一ひら散りぬ

妻の手順

先見えぬ径の曲りの美しく朝霧深き林道をゆく

仏壇を浄むるわれのいつ知らず妻の手順に順ひをれり

何ごとも昨日のやうに過ぎゆきてひとりの窓に日が沈みゆく

轢かれたる塩辛とんぼの透き翅の風立つときになほ光りあり

まくはうり喰むが特別の日でありき井戸に冷やすを覗きて待ちて

ナチスに学ぶと言ひし通りにやすやすと憲法九条崩されにけり

「大和魂」甦る世の不気味さよ新大関の口上のなか

木槿の花

老い人のザックに大きく名前ありこの人は家族に守られてゐる

暁がたの雨降る中に白じろと木槿の花の濡るるしづかさ

朝もやが紅帯ぶるごと中ぞらに合歓の花群おぼろなりけり

熱帯の海の湿りを帯ぶるかぜ台風とほく去りゆく朝を

北へ去りし群を離れて鴨一羽空の下水の上に漂ふ

白壁

賜物の白桃いくつ追熟の甘き香立ちぬ雨の一日を

蹄鉄に刻みし痕のしるくして朝を乗馬にゆきし人あり

白壁は息づくやうなやさしさに夕日に淡く染まりはじむる

青き矢に示せる地下の水道を思ひつつゆく日盛りのみち

書肆恵文社

ひるがほの水辺に群れて光りつつ行き交ふヤンマの翅音すずし

秋告ぐる風の中なる蜆蝶ききやうの花につきて離れず

セーヌ河左岸に高くなびきゐて旗はさびしきものとし思ふ

青天の午後三時には風冷えてセーヌの水面はや翳り来る

明日咲かむ芙蓉のつぼみ数ふるを朝の散歩の楽しみとする

くろがねの門扉はつかに開きゐて洩れ出づるやうに蟋蟀鳴けり

とりどりに服着る犬の行き交ひて散歩の径に秋深まりぬ

きんもくせいの匂ひそめたる香とともに書肆恵文社の暗きへ入りぬ

かはひらこ

白きシャツ風を孕めば陽に透きて若者のひろき胸くらかりき

紅萩の香りに酔へるかはひらこ黄色やさしく群れて離れず

カルガモの親仔は細き水脈を曳き池面に映る虹を乱せり

草枯れし中洲につばさを拡げ立つ川鵜の黒し夕日の中に

草刈られ積石白くあらはるる堤は寒し夕かぜのなか

詩句ひとつ釈きあぐねゐる窓を打ち北山時雨は音立てて過ぐ

抑留死者の碑

刈られては又生ひ茂るアワダチサウ丈低くなりて秋深みゆく

おのづから陽あたる側を選びゆく犬あり白く霜降るあした

もみぢする公孫樹かへでの下蔭に抑留死者の碑しろし

道を塞き迫り来たれるダンプカーやさしき声に左折しゆけり

朝光に白眩しかり山茶花の勁きいのちは光となりて

森を出で前よぎりゆく牝鹿の冬毛うつくし逆光の中

去りぎはの鹿の尻毛の仄白く小暗き森にしばしを揺るる

祈りの量

雪あはく刷く稜線に朝日さし残る一樹の紅葉かがやく

頬冠りして大根を抜く人にしぐれ光りて降り過ぎゆけり

胸びれのしづかにそよぎ白き鯉うす濁る冬の池に沈めり

渡りきて雪しまく池に下りたちし一群の鴨しばし騒がし

燃え尽きし線香の灰重なりて香炉に祈りの量あらはるる

しんしんと雪降る池に一ところ鴨の群れゐて水音立ちぬ

凹みたるゴムまり赤く枯芝に暮れ残りをり雪降り出でぬ

雪ふる窓

ゆくりなく開く箪笥に亡き妻の残り香あはし雪降る夕べ

胃をさすり消化促すはかなごと夜毎重ねて老い深みゆく

つながるる点滴台は鋼鉄の冷たき光まとひて立てり

夜半覚めて暗き病室に見放けゐる心を誘ふひとつ窓の灯

照り翳りときに雪ふる窓に見る手の静脈の青く透きたり

点滴にいのち繋ぎし十日経て重湯の湯気の白く輝く

一茎のあやめ

雨そそぐ小祠に赤き紐垂れて賽銭箱をかたつむり這ふ

作業帽にまつはる蝶を追ひもせず土掘る人のひたぶるにあり

晨より眩ゆく思ふ日光を総身に浴びて試歩の坂ゆく

目に迫り青葉圧しくる禅寺にわが打つ銅鑼の音しづかなり

園児等のほどけし列に行きあひて流れの中の杙のごとゐる

去年蛇を見かけし林に風とほり鹿の親子の若芽喰む見ゆ

町角の地蔵の供華に一茎のあやめのそよぐ頃となりたり

夏の日々

藪蔭の小川にあはれ糸蜻蛉ほそき尾光りて風に流さる

それぞれの高さに白く咲き群るるハルジヲン淋し梅雨の曇に

さつき風吹きとほりゆく市庁舎にソヨゴの葉むらそよぎてやまず

谷沿ひに吹き下ろす風の道しるく一山雨を呼びて騒げり

たしかなる存在として一本のハルジヲン空地に花掲げたり

藪蔭に茱萸の実黒く熟れそめぬ採りて喰ふべし幼な日とほし

園児待つ「お日さま号」に日当りて運転手ひとり深く眠れり

四阿にかぜ吹きとほり木の固きベンチにしばし眠り催す

移ろふ

鳴き出でてふともやみたる初蛙古りたる池の倒木の上に

山吹は未だも咲かず森蔭の小径を明から著莪咲きつづく

水くらき鉢に飼はるる緋目高の共喰ひに減り体肥りゆく

夏あさく躑躅はな咲く頃となり朝あさの径こころ富ましむ

山裾を廻れば風の道ありて帽おさへゆく老いたづたづし

旧道の軒の深きに初夏の日を避けつつゆけば燕出で入る

舗装路といへども凹凸あることを足に戒しむ老いの歩みは

参道に梅の実あまた転がりて青き潰れの酸ゆく匂へり

夾竹桃の花咲き満つる街角にとほきより吹く風音を聞く

太脛のしきりに痒き夜具の中かかる嘆きは老いてより知る

歌一首書きて心の安らへば雨を聞きつつ眠りを待てり

青葉濃き窓辺に披く消息の病む友の文字細きを辿る

補聴器と眼鏡に生を補ひてこの世の余白にひつそりとゐる

地を低く水辺に至りし揚羽蝶はね閉ぢぬまま動かずなりぬ

開きたる儘に死にたる蝶の翅いのちを宿す輝き失せぬ

風生れて枯葉と共に運ばるる美しき翅土に還らむ

わが影に入り来てしばし止まりたる蜥蜴の速き息づきあはれ

ひとすぢに虹のごとくに道を切り蜥蜴の尻尾するりと消えつ

夏草の茂みにとかげの住むこともゆたかと思ふわが散歩みち

怖づ怖づと鳴き出だしたる初蟬の声は木立を奥深くせり

ちぎれ雲

ちぎれ雲浮く空の色青く澄む妻と仰ぎし日の青き色

汗の身をベンチに休め祇園会の絵柄の扇に風を起こしぬ

剪定の鋏は木の香伴ひて涼しき音を枝より降らす

桔梗の影を映せる水鉢に目高三尾の透きて泳げり

陸軍の巻くスカーフの色なれば百日紅のくれなゐ苦《にが》し

つくつくし

山陰にとほく聞こゆるつくつくし声整はぬ二声に止む

低く飛び妻の墓石を離れゆかぬベツカフトンボを追ひかねて立つ

「妙」「法」の火床を抱く山二つ相並びゐて低き里山

つばくろの巣立ち終りて旧道に軒深き家並の影濃くつづく

落したる花の数だけ明日咲かむ蕾を持ちて道辺の芙蓉

ゆるゆると坂登りつつ息継ぎて航跡雲の無音を追へり

黒き舌

台上に向き合ふキリンの大き目に長き睫毛のそよぎてゐたり

高枝の葉を毟り取る器用さのキリンの舌は黒く分厚し

高きにて彷徨ふキリンの黒き目のとほき原野を見放くるごとし

腹を曝し砂を浴びゐる縞馬の天敵知らぬ平らぎのさま

ほたほたと団栗落つる頃となり秋の曇の園庭さむし

白線

通学路に引き直されし白線が目に沁みるなり初秋のかぜ

杖の音こもらふごとし雲低き秋空の中ゆく鳥を見ず

鵙の声今年は聞かず秋闌けて木守柿熟れる青空深し

陽の当る梢に花の残りつつ夾竹桃の花季も過ぎゆく

空つぽの郵便受を手に探りこぼれ落ちたるやうな寂しさ

赤帽子

萩の花いつしか消えて拝殿へ白く続ける石道さむし

妻の死を詠みたる歌集半ばにて眼鏡を拭ひ灯りを消しぬ

目を細め道辺に坐り陽を浴むるソクラテス派のやうな老い猫

本に伏し眠る隣の学生に茶房の椅子は音立てず引く

医師の手の大きく温き触診に安らぎて枯葉の通りへ出でぬ

声挙げて公園の秋へ入りゆく引率されし赤帽子たち

とほき日の祭のやうになつかしく黄の懸崖の軒に明るむ

虹

冬空へ対かひて立てる噴水に消え消えの虹小さくかかる

掘割に日輪白く映りゐて冬深みゆく曇の低し

梅の花白く散り入る水鉢に目高の三尾残りて泳ぐ

折り畳み椅子を持ち寄り老い人等吹き溜りのごと日を浴びてをり

風を受け揺るる馬酔木の白き花かかる優しさに妻を育む

瀬をなして光を反す川の面を掠めてセグロセキレイ迅し

阿国立像

寂しさに唯なんとなきさびしさに過ぎてゆくなり老いの日常

出雲の阿国立像のことふと思ふ立春近き風寒からむ

五階より見下ろす冬の雨のみち透明の傘いと寒げなり

趾ほそく立つ鷺を見ず高野川ひろき流れに春の雪降る

金柑

降り積みし雪を凌ぎて沈丁花の臙脂の花芽きよらかに立つ

咲き満つる蠟梅の黄の明るさに雪しまく中歩みをとどむ

自づから光を帯ぶる白きばら冬深みゆく居間を統べたり

離宮より流れ出でくる遣り水に金柑ひとつ浮かびて光る

パンジーの花弁の影地に黒く溢るるいのち風なきに顫ふ

しばし耀ふ

沈む陽は窓より深く射し入りて冷蔵庫の把手しばし耀ふ

なだらかに老いゆくならず昨日まで登れし坂を見上げ止めたり

晩年は思ひの他の明るさの寂しかりけり友みな逝きて

聞こゆれど聞こえぬふりの通る齢したたかに老いを楽しみて生く

足衰へゆるき歩みは春の陽に背を温めつつ自が影を追ふ

藤棚のベンチに倚りて真昼間を蜂の唸りに眠り催す

目覚め

古沼の瘴気のごとく立ちのぼる追憶にがし老いの目覚めに

朝々に強張る手指を屈伸す死後硬直をほぐすごとくに

腕時計枷のごとくに冷たきを巻きつけて世に繋がりてゆく

均らされし空間

笑み交はしハイタッチして別れ来し一歳児の掌の温みを思ふ

ストレッチに痛めて腕の萎えるなど老いの到るはかく容赦なし

弱法師のごとき歩みは在りし日の妻躓きし窪によろめく

デザートを楽しむに似て錠剤のとりどりの色を並べて数ふ

家跡の均らされし空間一画を紋白蝶のめぐりてやまず

癌告知前後

認識票を手首に巻かれ病院の捕囚となりて幾日か経つる

歌数首読みて心の静まれば銀のくさりを引きて灯を消す

病院の地窓に見ゆる庭の面に蕺草は数多の猛き芽を立つ

癌告知受けて帰れば部屋ひろく卓の白ばら崩れてをりぬ

朝明けの網戸にすがるクマゼミの透き羽の向から空青く澄む

川沿ひのベンチに憩ふ風の中ヤンマの強き翅音を聞けり

鳥の声川のせせらぎ風の音ベンチに瞑るわれを透きゆく

狗尾草

髪細くなりしと思ふ抗癌剤朝ごとに飲む錠剤赤し

秋陽さし軒に培ふオリーブの珠実は熟れてむらさきに輝る

狗尾草の穂は重たげに種子孕み過ぎゆくわれの風にも揺るる

舗石を湿らすほどに雨降りて桜もみぢの色深まりぬ

砂利凌ぎ黄花掲ぐるアワダチサウいのちの力まぎれもあらず

桜鬼《はな》も眠りにつくか黄葉を散らし尽しし老樹の洞に

かけがへのなきたまゆらを煌めきて秒針過ぐる灯光の下

一夏越し

摩周湖の霧はれゆくと見し夢のあかつき寒く秋深まりぬ

一夏越し老い深まりてゆく径に空より明るく黄落つづく

骨牌繰り独り占ふ夜の更けを隣れる部屋に闇ふくらめり

この年に消えし命のはらはらと喪中の葉書かさなりてゆく

秋陽さす路傍に石はほのかなる温み伝へて腰を癒せり

老い深き眼を労はりて惜しみつつ秋の夜更けの枕灯を消す

粧ひをはつかに残す里山に午後の陽照りてしづかなりけり

雪しまく師走の夜に割るメロン若草色の断面ふたつ

杣通ふ径

細ぼそと杣通ふ径あらはれて比叡にうすく初雪つもる

年を越え咲き残りたるコスモスの小さき花よ光をまとふ

かまびすしき右翼街宣車を見ずなりぬ海外派兵する国となりて

生涯をにれがみつつゆく散歩道この細き路地にも思ひ出ありて

車椅子の低き視線に院内の歩み危ふき足多く見ゆ

妻の靴

電線の雪を散らして土鳩二羽ふぶきの中に身を寄せ合ひぬ

亡き妻の靴も磨きて揃へ置く玄関に雪明りさむし

有明の半月あはき如月の空とよもして風わたりゆく

春めくと妻の遺影に告げやらむ二月の午後のしづかなる雨

日々のこと

九十歳の齢を重ねこの日頃土なきマンションの暮し侘びしむ

にべもなく勧誘電話を切り捨てて相手の顔をしばらく思ふ

吹く風の冬のきびしさ失へば水仙の花凜々しくあらず

速足に歩けし頃は見えざりし雑草の小さき花春陽浴む

懲罰のごとく剪定されし薔薇あかき芽立ちのきらめきて出づ

街頭所見

鴉には見えぬ黄色のゴミ袋鴉来ずなりし街さむざむし

麺つゆの香り交々漂ひてラーメン街の夕暮れてゆく

連なりてコンビニめぐる碧眼の女性等はなにも買はず出でゆく

癌転移

癌転移骨に到るを告げらるる唯ありの儘に医師の言葉は

窓に触れ散りゆく花のとどまらず病忘れて見とれてをりぬ

足つよく行きたる池や丘や谷　みづきの花も終りし頃か

鶺鴒の歩む浅さに澄み透る幅一間の地蔵本川

ビル風にさやぐ青葉を見下ろせば魚影のごとく人は行き交ふ

癌を病み細れる命さむくゐるさつきの陽射しあまねき部屋に

ひとときに青葉となりし堤みち葉蔭の水に鮠あそばせて

地蔵堂あれば

くちなしの花終りたる細き路地ゆるき曲りに残り香ありぬ

茅蜩の声に逝きたし里山のふもとに夕べ湧くかなかなの

はつなつの桔梗ひとくき狂ひ咲きうす紫の泉をひらく

手をつなぎ歩みてゐたる夢さめて妻より十年老いしわれあり

何願ふといふにはあらず町角に地蔵堂あれば手を合はせゆく

街路樹の青葉そよがす風に乗り初蟬の声すずしかりけり

黒翅蜻蛉

仏壇に供へし花を窓枠に移して暫し陽を浴びさせぬ

印象派の絵に降り注ぐ陽のやうにわが残年を生きたく思ふ

建物の影より木蔭の涼しくて犬が根元に眠りてをりぬ

夏の日の長く寂しき昼過ぎを独りこもりて足の爪切る

ガラスビルの壁面に映る青葉かげ照り翳る陽に色移りゆく

照りつける陽射しに白く土は灼け児童公園に蟻も見かけず

川風に黒翅蜻蛉は流されて水面危ふく渡りてゆけり

すずしき緋

しんしんと昼ふけわたる夏の日に鶏頭はすずしき緋を掲げたり

ゆきずりに言葉を交はす老い人と齢を較べ合ひて別れぬ

影長くゆく朝のみち散りそめし白粉花《おしろい》のはなに吹く秋のかぜ

家並の影くきやかに見ゆる朝つくつくし庭に鳴き出でにけり

ひるがほは勁き花なり茂り濃き生垣の中を抽き出でて咲く

雨に明るし

里山に触れむばかりに雲低く秋の雨さむく降り出でにけり

老い深み浅き眠りは幾たびも夜光時計の針を確かむ

大原道ゆるき下りをよろこびて見上ぐる秋の空青く澄む

夕映えの欠片が落ちてゐるやうに金木犀が路地裏に咲く

花枯れしあぢさゐに一連の風吹きて乾ける音の寒くし聞こゆ

花過ぎて茎なほ青き彼岸花四、五本立ちて雨に明るし

あとがき

二〇一八（平成三十）年五月十五日葵祭の夜、父は享年九十一歳で他界した。第三歌集となる本歌集は、二〇一五年以降「塔」に発表した作品から本人が選歌したものである。二〇一八年春より刊行準備に入ったが体調不良もあり、集名は「淳さんに頼む」と述べ、幾つか挙げて頂いた中から選んだ。四月下旬、急速に病状が悪化して入院、装幀見本の選定までは漕ぎ着けたが間に合わなかった。切迫した状況の中、多大なご尽力を頂き、通夜のお別れを見届けて下さった青磁社・永田淳氏には心より感謝申し上げたい。

帽子とステッキがお伴であった父。旅立ちの装いはスーツ姿で、遺された幾多のボルサリーノから黒いソフトを選び、フォックスの樫のステッキと共に棺に納めた。もう少し落ち着いたら夫とシチリア島を再訪し、父のパナマ帽を携え、アグリジェント神殿遺跡へ行くつもりである。青空の下、朽ちた石灰岩の柱の傍らで少々くたびれた帽子はそのまま風景に溶け込むだろう。父はシチリア行きを熱望していたが、訪問は叶わなかった。

八十九歳（二〇一六年）で進行した肺癌と診断されたが、亡くなる三週間前まで社会資源を利用することなく自宅で自立した生活を営んだ。ひとえにお世話になった大学病院若手気鋭の主治医たちの御蔭である。

元々、強い精神力、強靭な体力を備えていたが、経口抗がん剤治療に伴う味覚異常、食欲不振、手指痺れや爪甲変形等の副作用に悩まされた。「もう死にたい」と口走ることもあったが「塔」の京都旧月歌会には毎回前半のみ出席し、吉川宏志先生、選者の先生方、そして年下の会員諸氏から得る刺激や活力を心の支えにしていた。日課の散歩も次第に困難となり、タクシーで書店近くまで乗り付け、少しでも歩くようにしていた。

終生に於いて出会いに恵まれたひとであった。先入観や偏見に捉われない柔軟な思考・行動様式は、子供の頃からの群を抜く読書習慣に帰するものであり、年齢、人種、職種、信条などを問わない多彩な人的交流を可能とした。

体力低下を来して行動範囲も狭まった最晩年、通い慣れた書店で知己を得たことも幸甚であった。書店併設のカフェで、ほぼ毎日顔を合わせる紳士、法律家・高木清氏が声を掛けて下さったことが契機となり、週の大半は午前のひとときを共に過ごさせて頂いた。法曹界と財界で生きてきた二人に接点はなかったが、世相や文学談義に興じ、昼前にタクシーで帰宅する習慣がこの一年続いた。ともすれば孤独で体調も思わしくない日々、書店通いは今日も明日も生き続けていく為に必須のルーティンであったように思える。


八十歳から八十七歳（二〇〇八年～二〇一五年）まで、毎年九月に私達夫婦とイタリア、フランスを巡った。超高齢者との旅程では、本が書けるほどの様々な出来事が招来し、夫や私は気苦労が絶えなかったが本人は至って自然体で現地に馴染み、短くもかけがえのない充実のひとときを得た。

初回はフィレンツェ、最終回がパリであったから父と娘夫婦の旅は偶然にも花の都に始まり、花の都で終わったことになる。

病気が判明した時点で九十歳の誕生日を迎えることは無理と確信したが幸運が重なり、九十一歳四ヶ月まで全うした。第二歌集『細き鉾』は第三十回大阪短歌文学賞受賞の栄誉にあずかった。父は昭和と平成に亘る時代を、そして伴侶に先立たれて空虚と寂寥に満ちた十年間を見事に生き抜いた。

本人が「敢えて代表作と云うならば」、と選んだ二首を紹介する。

大文字の火床青葉にかくろへば寂しき五月の山となりたり

永田和宏　河野裕子著『京都うた紀行』（京都新聞出版センター）pp78-79 に引用

一人の異端もあらず月明の田に水湛え一村眠る

見田宗介著『社会学入門—人間と社会の未来』（岩波新書）pp98-105 に引用

〜最後に〜

本書を、母・昌子に捧げる。京都の旧家に生まれ育ち、繊細且つ天真爛漫で芸術の才溢れる「はんなり」した女《ひと》であった。声楽家を志したが戦中戦後の時代の波に呑まれ、肺結核に蝕まれて夢は潰えた。夫と娘に無限の愛を注ぎ、日々丁寧に生き、Art de vivre（生活芸術）を体現した。船旅など夫婦水入らずの余生を楽しもうとした矢先に結核由来の悪性リンパ腫を発症、二〇〇七年（平成十九年）に永眠した。一連の田附昭二の歌集は、彼女の存在無くして成立しなかった。

田附昭二　長女

西村　三佐子（医師）

塔21世紀叢書第328篇

歌集 造化

初版発行日 二〇一八年十月十一日

著 者 田附昭二

京都市左京区山端川原町一七—一—五〇一（〒六〇六—八〇〇三）

定 価 二五〇〇円

発行者 永田 淳

発行所 青磁社

京都市北区上賀茂豊田町四〇—一（〒六〇三—八〇四五）

電話 〇七五—七〇五—二八三八

振替 〇〇九四〇—二—一二四二二四

http://www3.osk.3web.ne.jp/~sejisya/

装 幀 大西和重

印刷・製本 創栄図書印刷

ISBN978-4-86198-411-2 C0092 ¥2500E